*A Pedro y Rosario, mis padres, que me enseñaron
qué es lo más fuerte del mundo.*
   A. S.

*A Joëlle, Luis y Loïc,
y a Carmen, Joan y Alba.*
   J. E. y J. C.

©2014 Alberto Sobrino (texto)
©2014 Julie Escoriza y Joan Casaramona (ilustración)
©2014 A Buen Paso
www.abuenpaso.com

Diseño gráfico: Estudi Miquel Puig
Corrección: Xavier Canyada

ISBN: 978-84-941579-6-7
Depósito legal: B 11333-2014
Impreso en España por Gràfiques Ortells

¿QUIÉN ES EL MÁS FUERTE DEL MUNDO?

ALBERTO SOBRINO
JULIE ESCORIZA Y
JOAN CASARAMONA

¿Qué es lo más fuerte del mundo?

No lo sé, pero quizá, si quieres conocer quién es la persona más

fuerte del mundo, deberías seguir leyendo esta historia.

La persona más fuerte del mundo es, sin lugar a dudas,

el **forzudo del circo**.

O quizá sea **Estanislao Gorgoechea**, el veterinario del

bloque, que en su tiempo libre se dedica a trabajar como socorrista.

Salvó de ahogarse a doña Segismunda Torzón, la señora más

gorda que yo jamás haya conocido. **«¡Hay que ver cómo pesa!»**,

resopla el nadador. Y no es para menos.

A lo mejor la persona más fuerte es **Jerónimo Mirasaña**,

que ayuda a su abuela, doña Cristina Ferlosio, a subir la rampa

que lleva al hogar del jubilado, mientras su abuelita va gritando:

«¡Vamos, vamos, que tú puedes!».

O don **Herminio Mirasaña**, el papá del pequeño Jerónimo, a quien lleva todo el día a hombros para que no se canse. A veces don Herminio piensa que **ya podría alguien llevarle a él encima**.

Pero una persona de verdad fuerte es la mujer de don Herminio, doña

Venancia Herbidia, que incluso después de un largo día

de trabajo aún tiene energía para llevar a su bebé en brazos a la cama,

arroparlo, contarle un cuento y, por supuesto, darle **un fuerte beso**

de buenas noches.

Igual el más fuerte del mundo es **Pedro Pancho**,

que salva a su amigo Felipe Tirillas de recibir una bofetada

del abusón Bruto Brutótez. Porque hay que tener mucho cuidado

con Bruto Brutótez, **¡hasta los mayores le tienen miedo!**

O quizás el más fuerte del mundo sea el **forzudo del circo**. Perdón, a este ya lo mencioné al principio del libro.

Disculpadme por el despiste.

La que tiene una fuerza desmesurada es tu tía doña **Úrsula**, que

siempre que te ve te levanta en brazos, como si fueras una

pluma, y te llena la cara de besos. **Muack, muack,** resuena tu cara.

O puede que sea don **Ramón Meloso**, que ayuda a doña

Segismunda Torzón a llevar su compra hasta el último piso

del edificio. Ella, que es muy educada, siempre dice **«Gracias»**

a don Ramón, y don Ramón, con la boca muy seca y como bien puede,

siempre responde un **«De nada»** a la vez que resopla.

También es muy fuerte **Aquilino Almodón**. Lo que ocurre

es que de este no hablaré porque en este momento **no se**

encuentra disponible.

Muy fuertes son también los gemelos **Piti**, amigos de Pedro Pancho

y Jerónimo. Estos gemelos evitaron que se partiera el manzano

de la plaza Mayor aquel día que hizo tanto viento. No sé si lo

recordarás. Pero, **¡menudo aire!** Cuentan que hasta una vaca voló.

Y qué decir de **Bertoluchi Venancio**. **¡Ese sí que es fuerte!**

Porque va al médico a que le saquen sangre para dársela a otras

personas. Y que sepas que ni siquiera llora cuando le pinchan

con la aguja.

Y no podíamos no hablar de la señora **Braulia**. Es muy fuerte o,

mejor dicho, tiene unas piernas muy fuertes, ya que recorrió medio

mundo para encontrarse con su hermana Úrsula, a la que no veía

desde que eran niñas pequeñas. Y, por supuesto, cuando

se vieron las dos se dieron un beso, mejor dicho, **muchos besos,**

con abrazo y todo.

También es fuerte **Eustaquio Wenceslao**, que se subió

a la torre de la iglesia, sí, la que está cerca de tu casa, para salvar a

una cigüeña que se había quedado enganchada en la veleta.

Eso sí, **algún picotazo** se llevó el pobre Eustaquio en la cocorota.

No sé si lo dije anteriormente, pero es posible que la persona más fuerte del mundo sea el **forzudo del circo**. Lo dije ya, ¿verdad? Disculpadme, es que a veces se me olvida lo que digo.

No es fácil pensar levantando estas pesas.

Entonces, seguiré… **Hay personas muy, muy fuertes**. Sí, seguro

que conoces algunas. Esos abuelillos a los que les duele la espalda,

las piernas y muchas zonas del cuerpo que aún desconoces. Bueno, yo

conozco a doña **Cristina Ferlosio** y **Bertucho Mirasaña**,

los abuelos de Jerónimo. Estos, siempre uno con la ayuda del

otro, todos los días, así, con fuerza, consiguen levantarse de la cama.

Unos días les cuesta más y otros menos, eso está claro.

También es fuerte **Paulina Loles**, que se encontró a un perro herido y lo llevó en brazos la distancia más larga que tú puedas imaginar hasta que encontró a un veterinario que lo curara. Paulina, al ver al veterinario, **se enamoró locamente de él**. Pero esa ya es otra historia.

Diría que una de las personas más fuertes que conozco es doña **Petronia Petratova**, quien escapó de su país con sus ocho hijos y recorrió miles de kilómetros para encontrar una vida mejor, porque allí donde ella vivía se pasaba mucha hambre y ya no había trabajo. Pero, para que no os preocupéis, os cuento que a Petronia Petratova todo le va mucho mejor y **se pasa el día sonriendo**.

Y aquí hablaremos de una person...

bien. Una persona que también e...

de casa. Lleva sus libros del cole...

Una persona que incluso ayudarí...

su cesta de la compra, aunque sol...

¿No sabes de quién hablo? N...

claro que sí, esa persona –ni má...

¡Anda, que... a saber en quié...

ue seguramente tú conoces

huy fuerte. Ayuda en los trabajos

efiende a sus amigos.

doña Segismunda a subir

ea unos pocos pisos. **¿Qué?**

he lo puedo creer… Pues claro,

i menos– eres **tú**.

starías pensando!

Y, ahora que hemos llegado al final, quizá te sigas preguntando quién es la persona más fuerte del mundo... Pues te contaré un secreto: yo sigo pensando que es el **forzudo del circo**. Qué para eso soy yo. **¿Quién pensabas si no que te estaba contando esta historia?**

Pero ¿qué es lo más fuerte del mundo? Sigo sin saberlo, igual tú ya encontraste la respuesta.